시조, 그리다

시조, 그리다

—

초판 1쇄 2022년 7월 5일
지은이 류명수
펴낸이 김영재
펴낸곳 책만드는집

—

주소 서울 마포구 양화로3길 99, 4층 (04022)
전화 3142-1585·6
팩스 336-8908
전자우편 chaekjip@naver.com
출판등록 1994년 1월 13일 제10-927호
ⓒ 류명수, 2022

—

—

ISBN 978-89-7944-806-1 (04810)
ISBN 978-89-7944-354-7 (세트)

책 만 드 는 집   시 인 선 199

시조, 그리다

류명수 시조집

책만드는집

시조연時調緣
– 초정 선생님과 나

생각지도 못했던 우연한 만남이었습니다. 제가 대학원 입학 후 전각학연구회篆刻學硏究會에 입문하여 골몰하고 있을 때 초정 김상옥艸丁 金相沃 선생님을 연구회에서 처음 뵈었습니다. 그 누구의 것도 아닌 선생님만의 서체로 휘두르시는 일필휘지에 눈을 뗄 수가 없었지요. 제가 아는 여느 서예가들 이상의 경지였습니다.

초정 선생님께서는 언제나 똑같은 검정 베레모를 쓰시고 수시로 연구실을 찾으시며 전각가 회정 정문경襄亭 鄭文卿 선생님과 마치 연인처럼 아주 귀한 우정을 나누셨습니다.

늘 미소 지으시던 선생님께서 하루는 한글로 본디풀, 한자로 소초素艸라는 호를 저에게 주셨습니다. 그런데 지금 와 보니 선생님 호의 초艸 자 한 자가 제 이름표에도 있으니 어찌 놀라운 일이 아니겠습니까.

더욱 신기한 일은 시조는 한 번도 써본 적이 없는데 미국에 와서 삼십 년이나 지난 후 시집가는 딸에게 써주려던 글이 시조가 되었지요.

정말 「묘妙한 일」이란 제목의 선생님 수필이 절로 생각납니다. 이럴 줄 알았으면 그때 시조 한 수 가르침을 받을 수 있었을 텐데, 아! 이렇게 원통할 데가 있을까요. 또한 절판된 시집『꽃 속에 묻힌 집』을 손수 복사해 오셔서 그림 같은 저자 사인을 해 주셨습니다.

알게 모르게 저에게 각인된 주옥같은 선생님의 시문들이 제 세포에 입력되어 시조의 끈이 되지 않았나 생각해 봅니다.

요사이 저는 수십 년 이고 지고 다닌 캔버스가 널려 있는 작업실만 보다가 원고지까지 깨끗이 사라지는 컴퓨터 작업에 놀라고 있지요. 시조는 이렇게 또 다른 지평을 저에게 열어주었습니다.

그 옛날 결혼 선물로 주셨던 금과옥조金科玉條 글은 지금도 소중히 제 작업실에 걸어놓고 날마다 바라봅니다. 거침없이 써 주시던 작품을 무조건 받아 들던 저는 아무것도 모르던 철부지 소녀였습니다. 너무나 계획된 일처럼 여름밤의 꿈처럼 흘러갔습니다. 누구의 디자인인지 궁금할 따름입니다. 오늘도 선생님의 「백자부」를 읽어봅니다. 누구보다 아끼시고 사랑하셨던 백자, 동화 이야기처럼 제 눈과 귀를 모았던 그 시절들이 그리움으로 밀려옵니다.

2022년 6월 수묵헌守墨軒에서
류명수

시조나무
— 먹을 지키는 집守墨軒에서

나 홀로 불빛 하나 이 가슴에 심었더니
먼발치 삼장육구三章六句 걸은 자취 얼비치네

행 따라

숨어 있는 길

등불 밝혀 찾는다

골마다 깊은 계곡 푸른 폭포 노래할 제
그리운 그대 곁에 어린 나래 날아가니

온 세상

담아낸 울림

우리 가락이어라

| 차례 |

2부

3부

4부

5부

Sijo, draw

1부

해바라기

끝없는 밝은 미소 노란 얼굴 목을 빼고
줄줄이 일어서서 하나같이 차렷 자세
벌 나비 늘 찾아와도 반가운 줄 모르네

동그란 시계판을 꼿꼿이 들고 서서
시침 분침 하나 없이 해시계 돌아가는
그 얼굴 태양만 보는 가슴에 둔 사연 있나

민들레

담장 밑 여린 가슴
긴긴밤 지새더니

오뚝이 고개 들고
새벽 열고 나오네

먼발치
그 환한 미소
세상 닫아걸었나

고사리

안개 속 나만 홀로 떠가는 줄 알았더니
줄줄이 따라오는 발밑 고사리들
기우뚱 반가운 친구 고개 숙여 인사하네

송이

설레는 마음으로 버섯 찾는 날 좀 보소
간절한 소망 하나 송이 향기 따라가니

나무 밑
낙엽 사이로
하얀 미소 어일꼬

솔 향

빗줄기 스치듯
가을 소리 떨어지고

내딛는 자국마다
솔향기 피어나니

　푹신한
　엄마 품 같아
마냥 누워보리라

와목臥木

강가에 다리 되어
두 팔 벌려 누운 나무

내줄 것 없다더니
어린 가지 살아나네

깊은 밤
내리는 별빛
삼라만상 젖는다

돌

얼마나 참아내며 그 시간 다졌을까
차이고 흔들려도 동글동글 반짝이다
어느새 파도에 실려 물결 속에 숨는다

침향沈香

한 백 년 가다 가다
가만히 멈춘 손길

향나무 한 가지를
바닷가에 심었던가

천년 후
만년향 되어
너울너울 날거라

바닷가

말없이 떠오르는 해돋이 불빛 속에
잠자던 검은 모래 은하수 깨어나니

번지는
금광화석 金光化石에
눈 둘 곳이 없더이다

산

먹물 옷 입은 태산
흰머리만 가물가물

큰 바람 스쳐 가니
바다 밟고 일어섰네

　　아득다
　　초연한 자태
그 복판에 내가 서서

해돋이

첫새벽 하늘 덮고 잠자다 깨어보니
펼쳐놓은 구름 이불 겹겹이 물들었네
긴 해변 검은 모래밭 은하수는 흐르고

두둥실 다홍치마 사뿐히 올라오니
붉은 태양 검은 바다 합일의 순간이여
온 세상 만남의 정점 또 하루의 선물

너와 나 마주하며 말없이 서 있는데
한 조각 붉은 너울 내 가슴에 날아오네
날갯짓 뜨거운 질주 이 찬란한 새날에

태양은 그대로

우르르 와장창창 하늘 창고 열어놨나
물보라 일으키며 깜빡이는 자동차들
폭풍우 지나간 자리 밀려오는 금빛 햇살

북소리

바람에 날아가는 자욱한 아침 안개
보이는 듯 마는 듯 잡힐 듯 흘러가고
저 하늘 천둥소리는 먹구름을 흔든다

구름 여행 1

이리 보고 저리 봐도 눈부신 동서남북
끝없이 고운 세상 솜처럼 포근하니
세상사 나는 몰라라 두리둥실 두둥실

구름 여행 2

흰 날개 구름 섬들 바람 불어 모으시고
한없는 무지개 햇살 소리 없이 부으시네
온 누리 밝히시려는 높고 깊은 뜻인가

석양

그렇게 어느 결에 물 건너 산을 넘어
나무숲에 살짝 숨어 그림자도 없습니다

한없이
붉게 타면서
꿈을 꾸는 먼 하늘

솟대

시골길 장대 끝에
날아든 새 한 마리

바람 타고 빙그르르
허공 속에 나빌레라

한 줄기
회색 구름은
무대 위에 떠가고

2부

고향

은은한 저 별빛은 온 마을 내려오고
휘영청 보름달은 구름 띠에 숨었구나
모두 다 떠나온 고향 너만 홀로 지키네

오솔길

발길이 잦아진 곳
금가루 오솔길에

너랑 나랑 이야기꽃
끝날 줄 모르는데

　　후드득
　등을 치면서
굴러가는 도토리

돌담길

모난 짐 이고 지고
이끼 옷 걸쳐 입고

나직이 따라오는
세월 얹은 돌담길

보일 듯
숨은 이야기
삐뚤삐뚤 살아 있네

엄마 생각

장작불 무쇠솥에 온 마음 모은 정성
엄마표 손금 도장 꾹 누른 시루떡을
막내딸 쟁반 들고서 동네방네 심부름

풀종이 함지박을 만드시던 동네 작가
빛나는 명품 그릇 매작과 수북하니
팔 남매 고사리손들 대청마루 아수라장

철 따라 광목 위를 손다리미 외줄 타고
새하얀 이불 홑청 공중곡예 방망이 춤
신명 난 다듬이 소리 귓가에 감겨온다

함지박

종이 함지 서리서리
어머니 꿈 가득 담아

켜켜이 한겹 한겹
정성 모아 만드시던

　계신 듯
　그리운 미소
낮달 되어 떠가네

부부

한평생 서툰 걸음
수놓은 한뜸 한뜸
지아비 지어미 되어
사람 人 자 그림 한 폭

아이야
세월을 잡아
산허리에 감으렴

해 뜨는 집

밝아오는
새 아침
해 뜨는 곳
가일헌佳日軒

새 둥지
드밝은 빛
새 가정
보금자리

울 아기
첫걸음 행차
온 가족 다
창 앞에

첫돌

바이올린 청진기 만년필에 주걱까지
첫 번째 얻은 자유 생각 많은 돌잡이
색동옷 고사리 손짓 함박웃음 꽃밭에서

꽃구름

나무 끝 송이송이 꽃구름 피어나고
대서양 파도 소리 하염없이 들리는데
꿈꾸듯 꽃 피울 날이 어느 때 오고 지고

청심환

오라버니 금박 입혀
알알이 빚으셨네

서랍 구석 뒹굴며
삼십 년 숨었던가

　　몰랐네
　병이 든 마음
너 진정 반가워라

서실에서

먹물 든 손을 드니
꽃들이 피어나고

눈 들어 다시 보니
그 가슴속 열려가나

　　봄바람
　휜 두루마리
묵향 그윽 번지네

향안香案*

섬섬옥수 푸른 소매
담긴 비밀 주머니

옷 갈피 속 숨어 있는
꽃이 피어 향기 나니

책상 위
나비 한 마리
사랑방 드나드네

* 향기 나는 책상.

차탁

잘생긴 소나무 판 내게 와 벗이 되니
구멍 난 나이테에 그윽한 솔잎 향기
결 따라 매만지는 손 세월을 쓰다듬네

지나간 시간 엮어 보듬은 숨은 자태
새까만 나무옹이 고매한 차탁 위로
흰 백자 쌍둥이 등잔 일렁이는 빛 그림자

호롱불 마주하며 서첩을 열어보니
때 묻은 손자국들 옛 생각 새로운데
연지 속 떠 있는 달빛 온 방 안에 흐르네

사랑방

아자방亞字房 너른 서재
묵은 서책 넘어가고

처마 밑 제비들은
동네 소문 주워 오니

　　책갈피
　　사이사이로
스며드는 세월 내음

화실

켜켜이 묵은 살림 숨겨진 사연일레
온 방 안 펼친 자락 옛 생각 고여놓고

옷소매
나래 펼치며
춤을 추며 놀거나

도장꽃

물 따라 음각陰刻이요
산 따라 양각陽刻일세

인면印面에 고인 샘물
한뜸 한뜸 들어내어

숨길 터
비워가더니
인화印花 되어 눈 뜨네

3부

반딧불

자다 깬 혼불들이
오르락 내리락

산모롱이 들녘에
끊일락 이을락

이 가슴
불꽃이 되어
님을 불러 볼거나

꽃

가지마다 별빛 묻어
별꽃 송이 달렸으니
오는 이 가는 이
꽃이라 하는구나

온밤 내
벗님이 되어
꽃인 듯이 보이소서

난초

맑은 물에 발 담근 채
손짓하는 난초 꽃잎

그 무엇 더 씻으려
맘 달래며 살아가나

흰 얼굴
닿는 바람에
흔들리는 그 마음

산딸기 1

잡힐 듯 말 듯 한 거미줄 문을 열어
산딸기 받아 드니 알알이 보석이라
안개 속 감도는 향기 저 강 넘어 가는가

산딸기 2

스치던 옷자락에 수줍어 빠알간 너
내딛는 걸음마다 소복소복 숨어 있다
살포시 내민 그 얼굴 가신 님 하 그리워

종이학

떨리는 꽃잎에도 멍울진 마음에도
새소리 바람 소리 따라가며 흔들리네

종이학
천 마리 되어
금禁줄 헐고 날아라

연못

그 누가 찾아왔나 안개 핀 숨은 연못

맹꽁이 풀썩풀썩 나 여기 있노라고

우연히 마주친 인연 꿈같은 봄이었지

숲속

청량한 새소리들 하늘에서 내려오니

이 산 자락 저 산 골짝 화답하는 산천초목

한가득 벅찬 가슴도 구름 따라 올라가

안개

산과 강 사이로 물안개 길게 누워
선잠 깬 모습으로 다가오는 그대여
새벽녘 설레는 이 맘 너를 만나 보겠네

바람 노래

나무들 어린 가지 하늘로 날개 펴고
속삭이는 잎사귀 노래 장단 끝이 없네
바람은 휘파람 불어 가는 님을 세운다

벼랑 끝 돌개바람 온 땅을 뒤흔들고
드높은 푸른 파도 소리치며 뛰어가니
언 바람 수평선 따라 미련 없이 가려마

밤하늘

천지는 잠이 들고
저 바다 은하수 꽃

달빛은 간데없어
이 마음 밝혀 드니

온 시름
어디로 가고
님들은
놀고
지고

달

훠어이 훠어이
저어온 시간들

뜬구름 고운 날이
얼마쯤 흘렀을까

또 한 해
여운이 남아
강물 위의 달처럼

소우주小宇宙 1

산속에 들어앉아 적막도 잠긴 이때
감긴 눈 다시 들어 그 얼굴 바라보니

소우주
신바람 타고
씻은 듯 열린 방촌方寸*

* 한 치(3.03cm) 사방의 넓이.

소우주 2

전각도篆刻刀 한획 한획 긋고 지난 자리마다
돌 잡은 손마디에 마음 얹어 비워가니

　　　작은 섬
　　어스름 달밤
　　영글어 익어가네

소우주 3

돌 위에 앉은 생각
새김 소리 흘러가나

빈 하늘에 목이 마른
볼 붉은 여린 숨결

　　물 길어
　새벽 별 담아
그대 다시 내 품에

그리다

돌아갈 수 없는 계절 그리움 스미고
남기고픈 이야기 찬 바람에 안기니
오늘도 애달픈 마음 이 발길을 멈춘다

푸섶 사이 숨겨도 고요는 열려가고
새소리 사이로 풀잎마다 별빛으로
온 들판 뒤덮은 진주 이 길 밟고 오려나

이공이공공이공이 – 20200202

천년 잠 깨어난
회문回文*의 만남이여

앞뒤로 뒤집어도
같은 공 굴러가네

님 향한
일편단심도
돌아보니
꿈이어라

---

* palindrome. 앞에서 읽으나 뒤에서 읽으나 같은 문장.

4부

폭포

오르고 또 오르고 소리치는 폭포수야

목숨 걸고 뛰어드니 영롱한 무지개라

두어라 지나는 이와 시비하여 무엇 하리

허공

흰 안개 품은 산맥 어깨춤 흔들흔들
끝없는 구름 따라 정처 없는 나그네

겹겹이
이 풍진세상
시조 풀어 볼거나

시조 데려왔네

나갈 때 혼자더니 들어올 때 둘일세
흐려진 마음 열어 청산을 노래하다
언제나 조용한 친구 우리 집에   데려왔네

나루터
– 수불手不 선생 출판기념일에

한 줄기 맑은 샘물 곡강리曲江里 나루터에
여든 굽이 넘어 넘어 세월 자락 이고 지고
온 삼동三冬 밝혀 든 생각 밤늦도록 긷는가

올곧은 자리마다 어린 마음 깨우시고
끊임없이 달려온 길 묵묵히 나아가니
겨레시 우리 숨결이 양간도洋間島에 피었네

손끝마다 물드는 수진본袖珍本 놓지 않고
씨알 하나 자라서 푸른 뜻 흐르는 날
깨달음 꿈만 같아라 햇살 입은 『춘하추동』*

* 수불 변완수 선생 수필집.

항아리

홍매화 한 가지 진사 무늬 조선백자
화공畵工은 백옥에 아리따이 그렸다오
달무리 머무는 자리 그 향기 영원하리

막사발

밋밋한 이 막사발
그 뿌리 어디더냐

집집마다 앉아 있는
밥 그릇 너였는데

그 얼굴
소박한 자태
국보 되어 모셨네

옛터

가마터

묵은 담 열고 나온 말없는 야생화들

아득한 그 시절을 몸짓으로 노래하네

꽃 같은 불꽃이었네 눈에 선한 춤사위

마차

갈 바를 잃어버린 숯 담은 옛 마차

그 누가 멈추었나 의젓한 네 모습

백 년을 눌러둔 기억 그 언저리 가고파

물레방아

우람한 시곗바늘 한평생 끌어안고

노 젓는 이 어디 가고 시간을 저어가며

빈 마음 달빛을 싣고 흘러 흘러 가는가

세한歲寒

문풍지 세찬 바람 외딴섬 완당 숨결
먹먹한 마음 하나 일필휘지 소나무라
둥근 창
흐르는 결기
가시울타리 넘어간다

두루마리 신품神品 그림 조선의 기백으로
대륙을 넘나들며 선비 정신 드높이던
고졸古拙한
세한도*의 뜻
세상 향한 울림인가

저 멀리 먹구름 돌담 넘어 사라지고
하늘이 내린 별빛 뜻깊은 귀환으로
오늘도
님 모습 우러러
감격으로 보고 지고

* 국보 제180호. 김정희의 1844년 작품. 일본으로 반출되었던 것을 찾아 국
립중앙박물관에서 소장하고 있다.

꿈으로 만나다
– 몽유도원도*

긴긴밤 달빛 실은 쪽배 하나 잠긴 바다
흰 새벽 산빛 쫓아 새들이 날아갈 제
현해탄 검푸른 파도 감은 세월 여시는가

도원동 복사꽃 연분홍 고인 눈빛
꽃그늘 떨리는 사연 손끝으로 가리운 채
고향 땅 그리운 향기 너를 안고 오려나

솔바람 천년 계곡 안개 묻은 천봉만학
오백 년 서러운 한 돌아올 길 잊었는가
메마른 조선의 숨결 그 가슴 깨우리라

먼 하늘 노을빛 배어나는 그리움
이방 땅 들창으로 뭇별들 쏟아지나
온밤 내 꿈길 달리다 만나는 이 그대여

* 조선시대 안견의 산수화(1447년작). 일본 덴리 대학 소장.

그날

먹구름 삼천리에 방방곡곡 맺힌 시련
멍든 하늘 빗장 열어 태극기 피어난 날

온 백성
가슴에 닿아
대한민국 만만세

삼월의 초하루 흰 옷자락 꽃들이여
찬란했던 그 봄이 핏빛으로 물들었네

큰 바람
드높은 기상
높은 함성 달려간다

임진강에서

삼팔선 솔향기는
남북을 오가는데

이 겨레 멍이 들어
뒤척이는 가람이여

어이타
장총을 메고
일일이 검문인가

소나무

대대손손 푸른 꿈
마침내 뿌리내려

가슴마다 심은 자유
큰 바위 뚫고 나와

삼천리
수놓은 자리
겨레의 얼 지키리

나그네

있는 듯 없는 듯 살아온 긴 그림자
산 넘고 바다 건너 텅 빈 벌판 여기까지
한평생 늠름한 자태 한 알 씨알*이어라

파랑 눈 할머니 손 꼭 잡고 가던 그날
가슴에 소용돌이 눈물지며 따라갔나
머나먼 이역만리 길 고향 생각 고이더니

바람결에 떨어져 척박한 땅 뿌리 내린
의연한 여섯 그루 정든 땅 지키는가
나그네 구십 년 세월 조선 그 얼 빛나리

* 느티나무 씨앗. 1938년경 메리 그레이스 루이스가 한국 친구로부터 받아
미국 펜실베이니아주 랭캐스터시에 심었다.

메사*

태양이 내려앉은
말없는 하얀 거석

하늘 아래 억만년
외로운 한 점 되어

　　흐르는
　바람 맞으며
옛사람 기다리나

* Mesa. 미국 애리조나주 국립공원에 있는 산 위의 평평한 거석.

기차
− Alamosa, Colorado에서

가다가 멈추었네
기나긴 빈 가슴들

그 옛날 모래 산을
품에 안고 달렸건만

비바람
녹슨 쇠바퀴
풀뿌리가 되었네

만년설*

−Rainier Mountain에서

불꽃 안은 만년 얼음
그 한 몸 에이건만

그렇게 사무친 정
뉘라서 이길쏜가

　숨 가쁜
　끝없는 사랑
십자가 고난이라

* Rainer Mountain의 Ice & Fire 정상에서.

전쟁터
– Gettysburg에서

둥둥둥 북소리
우레 같은 힘찬 걸음

덧없이 스러져 간
그 젊은 불길이여

봉오리
열리는 소리
들리는가 그대여

5부

백로

저 바다 안개 품고 저 하늘 먹구름인가
하늘땅 어디 가고 붉은 바위 홀로 섰네
백로야 더 가지 말고 구름 끝에 멈춰다오

거미줄

하늘빛 투명한 집
온몸으로 매달려서

찬란한 햇살 입고
바람 타고 노는구나

칸칸이
영롱한 보석
허공 위에 너 하나

사슴

포플러 숲속에서
갑자기 마주친 너

가만히 건네는 말
미안해 네 놀이터지

홀연히
고개 돌리고
수놓으며 뛰어간다

폭우

야구장 철조망에 떨고 있던 아기 새
한걸음에 달려온 어미 먹이 넙죽 먹고
파르르 떨던 날개로 엄마 따라 푸드덕

지붕 위의 소

온 사방 물난리에 지붕까지 올라간 너
힘겨운 만삭의 몸 두려운 그 두 눈빛
그 누가 따라갈쏘냐 새끼 안은 어미 사랑

매미

어설픈 어린 몸짓 슬며시 집 나가서
끝없는 동그라미 온 산에 그리더니

마침내
날개 펴더니
여름내 울부짖네

십여 년 참은 인고忍苦 서너 달 살고 지고
온 세상 소리로 막고 님을 찾아 휘젓는가

남겨진
한 많은 흔적
주홍빛 물들었네

둥지

쓰러진 고목古木 위에 지어놓은 오리 둥지
어미는 알을 품고 아비는 보초 섰네
놀라운 자연의 섭리 누가 이를 알리요

기나긴 강물은 느릿느릿 흘러가고
온 가족 한일자로 줄줄이 나들이라
다정한 오리 부부는 한 걸음도 멀다 하네

천년목 千年木

속으로 속으로만 달래온 푸른 서슬
이끼 얹은 거친 갑옷 세월이 무겁더냐
기나긴 말없는 수염 바람결에 날린다

봄 강

수천 년 맺은 인연 두 줄기 산맥이라
긴 날개 어깨 펴고 세상을 굽어보니
덧없는 무심한 인생 강물 따라 졸며 가네

봄

땅속에 자던 뿌리 흙 밀고 일어서고
연둣빛 가만가만 가지마다 스미더니
층층이 먼지가 되어 연기처럼 사라지네

오월

나날이 초록 산빛 잎잎이 손 흔들고
눈앞에 아른대는 마음 하나 강물 따라
저 언덕 홀로 나그네 햇살 밟고 가는가

시월을 줍다

복사꽃 사랑 줍다 가을 문득 떨어지고
곁가지 무성한 잎새 켜켜이 많은 사연
나달이 사십 년인가 씨줄 날줄이어라

낙엽이 나르샤 저 멀리 굴러가고
그 님은 나와 같이 꿈길을 걸어가네
또 한 번 두 손을 모아 이 한 해를 받는다

만추晩秋

누군가 열어놓은 하늘 창문 아래로
이리 휘고 저리 감긴 쓰러진 고목 사이
옹달샘 청둥오리들 낙엽 물고 뱅그르르

겨울바람

나란히 끼억끼억 구름 먹은 기러기들
점점이 멀어지며 누런 들판 남기었네
억새풀 머리채 풀어 저 하늘을 두드린다

눈밭

숨죽인 대낮에
반짝이는 겨울 언덕

하늘의 별을 쏟아
눈밭에 부었는가

뽀드득
발자국마다
수정 같은 빛으로

자연에 들다

봄

새로이 피고 지는 꿈꾸는 하루하루

풀씨 따라 날아가나 바람 따라 흘러가나

우리들 숨은 이야기 봄빛 안고 가누나

여름

하늘에 펼쳐놓은 일필휘지 수묵화

한순간 그려진 양떼구름 사라지고

초여름 은은한 연향蓮香 내 마음에 맴도네

가을

뒤엉킨 가시덤불 굽이굽이 험한 산길
산꼭대기 올라서니 발밑 아랜 비단 폭포
저 멀리 지나는 바람 쌍무지개 걸었네

겨울

한겨울 시린 가슴 휘어진 억새풀들
무엇이 부끄러워 고개 돌려 인사하나
산머리 금빛 햇살이 그 마음 달래줄까

춘래불사춘 春來不似春

마네킹

정장한 신사 숙녀 마주한 식당 테이블
빈티지 옷차림새 거리두기 위장 손님
방어선 노란 테이프 들어왔다 나간다

유리집

동화 속 작고 이쁜 난쟁이 유리집
새로운 야외 식당 불란서에 열었네
언제쯤 신데렐라가 유리문을 나올까

웨딩

창문 열고 카드 선물 드라이브스루 웨딩
스타일 가지각색 모아놓은 축하 사진
한마음 작은 결혼식 신랑 신부 둘이서

모자

송 태조 사용하던 일 미터 장대 모자
천 년이 흐른 뒤 길고 긴 풍선 모자
옛날엔 귀를 막더니 오늘은 바이러스

방콕

이 동네 저 동네 아마존 시장 배달
우주여행 왔다 갔다 신인류 시대인데
아직도 사회적 격리 너도나도 방콕이라

갓

그 옛날 선비 모자 K-패션 강남 스타
모두 모두 갓끈 매고 거리두기 나섰네
양반들 웃고 지나갈 우리들의 이야기

비대면

온라인 대면 세상 줌으로 주고받고
하루 종일 쳐다봐도 허전한 맘 어이하나
어즈버 육십 마일 존 미련 없이 달리자

패션

기껏 가야 우리 동네 맥도날드 투 고
후드티 헐렁 바지 지드래곤 짝퉁 신발
어머나 아이돌 스타 공항 패션 나왔네

기다림

또 하루치 아픔들이 나날이 쌓이는데
어떤 이는 세레나데 온라인 리사이틀
외로이 기다리는 이들 가슴마다 등불을

어떤 경계

낮은 담 사이 두고 오도 가도 못하는데
할머니 할아버지* 정情으로 펼친 의자
길 잃은 국경선 만남 앓는 세상 있다더냐

경계선 벽돌 위에 커피 잔 늘어놓고
아득한 비상사태 소방수 옷 챙겨 입은
한겨울 드라마인가 두 나라도 손드네

* 덴마크 할머니, 독일 할아버지.

Sijo, draw

Sunflower

Ten million bright smiles
   brighten the yellow face

One after another like soldiers
   stand straight and tall

Even though butterflies always come,
   you don't mind at all

Holding the round clock
   face upright

Without a single hour or minute hand,
   sundial rotating

Is there a story in the heart
   behind a face that only sees the sun?

Dandelion

She sits under the fence
    after a long night

Keeps her head up like a roly-poly toy
    open in the morning

Bright smile from afar
    does she make herself become a hermit?

Handmade Bowl

Each layer of the paper bowl
   full of Mother's dream

Several layers one after another
   she made constantly

      Stay afar
    with a nostalgic smile
still floats as the daytime moon

Married Couple

Clumsy steps up the mountain
   lifetime embroidered stitches at every moment

Being each other's companions
   a drawing that the two depend on

Please,
   catch the time
   and hold on the hillside

Sunrise House

Brightening
  new morning
  a beautiful house
  where the sun rises

New nest
  bright sunlight
  sweet home

First baby
  first step walk
  whole family
  get together at window

Flower Cloud

At the tip of the tree,
  flowers bloom in clustered cloud

Endless ocean waves
  echo over my ear

Blooming like a dream,
  when will it come?

Flowers Blooming Letter

Sumi ink and brush
   make blooming flowers

Open your eyes, look again
   blossom in your heart

Spring wind
   white scroll
   incense sticks flavor the breeze

Fragrant Study Table

Inside the blue sleeve
   a secret pocket

Hidden between the dresses
   it smells like a flower blooming

One butterfly is looking for fragrance
   over the table
   coming and going through the window

Firefly

Awakening soft firefly,
  up and down

Field at the corner of the mountain
  here and there

My chest sparks
  longing for you,
  I become a firefly

Blooming Star

Each branch shines
　blooming with star clusters

Wanderers look up as they go to and fro
　to feel the beauty of the star flowers

All night long
　becoming a friend
　behold,
　stay there as a flower

Spring Waiting for Spring

Trembling petals and the gloomy heart
I sway with the sound of the wind and birds

Paper crane becomes thousand layers
   break the cage and fly

Fog

Long mist over the river
    lies across the mountain

Looks like sleepy eyes
    coming slowly towards me

Glad to see you,
    finally I can touch you
    "with fluttering heart"

Moon

Whoa! Whoa! Whoa!
   years roll by too quickly

Floating fine day
   how long has it been?

Another year
   left behind a lingering feeling
   as the moon above river

Empty Space

Mist embraces the mountain range
  like a shoulder shake

Aimless travelers walk
  unending paths following the clouds

Layer

by layer

troubles of life

let's sing a song loudly

Porcelain Jar

One branch of red plum
   drawn on the white porcelain

Painting on white jade like skin

Halo of the moon that stays there,
   the scent will last forever and ever

Mesa*

The sun sets on

   the silent white megalith

100 million years waiting under the sky

   become one dot

He waits

He waits

When will a dream come true?

* USA Arizona in the national park there is on the mountain flat mega-
lith.

Sea Bird

Fog embraces
  the sea and dark clouds
  sit in the sky

Totally empty background,
  only a red rock stands alone

Hey sea bird,
  don't go!
  stay at the end of the clouds

Spider Web

Sky-blue transparent house
    hanging all the time

Brilliant, wearing sunshine,
    playing with the breeze

With a brilliant jewel
    you are the only one in the air

Thousand-Year-Old Tree

Humbly taking care of himself,
   the thousand-year-old tree

Wears the rough moss
   like heavy armor

Long wordless beard
   blowing in the wind

Winter Wind

Side by side geese
   cover the cloud

Gradually getting far away,
   the field left behind

Loose silver hair
   knocks the sky

Snow Field

Breathless in broad daylight
  sparkling winter hill

Heavenly stars pour out brightly
  in the snow field

Every footprint
  shines crystal-like

Guardian

Long shadows have been cast
Far away from the East,
   a long journey to an empty field
Dignities hidden in a small seed*

Held tightly in hands of a blue-eyed grandma
Have you sorrow in your heart?
Severe of homesickness
   let your tears flow with Pacific Ocean

Rooted in a river thousands of miles from homeland
Six trees grow together,
   as guardians of the Lancaster village
Spirit of Chosun shines for ninety years

* Zelkova tree seed received from a Korean friend by Mary Grace Lewis in 1938. Seeds were planted in the land of Daniel Rurick, Lancaster, Pennsylvania, USA.

COVID: Spring Waiting for Spring

1. Mannequin

A restaurant table of ladies and gentlemen
    dressed in formal wear
Mannequin in vintage dress
    disguised as a guest
Warning: Yellow tape
    comes in and runs away

2. Glass House

Very small fairy tale
    dwarf glass house
New social isolation
    A green house restaurant in France
When will Cinderella open the door?

3. Wedding

The window opens, gift card passed through
    drive-thru wedding
Congratulations on gathering the collection
    of various styles' photo
Bride and groom are united
    in a small wedding

4. No Face to Face

Exciting Amazon market delivery
Is space travel dreaming new humanity
    non-face-to-face era?
All social isolation in silence
    locked in a room (Bang.Kok.)

5. New "Airport" Fashion

At best, a local McDonald's to go
Hooded Baggy Trousers
   Faux K-Pop star G-Dragon Sneakers
Oh, a star "Idol" airport fashion

6. Waiting

Another day in the dust, breathing
Some people are doing serenades
   with online concerts
They who wait alone,
   look for the light

소우주를 조탁彫琢하는 언어 도법刀法

이근배 시인·대한민국예술원 회원

1

참 아름다운 일이다. 아름다움을 넘어서서 시란 무엇이며 어디서 어떻게 우주적 섭리로 한 사람의 시인을 낳게 하는가 하는 깊고 높은 인연설의 법문을 듣는 일이다. 여러 달 전이었다. 알지 못하는 카톡의 통화음이 들려 받았더니 먼바다 건너 아메리카에서 걸려 온 것이었다. 맑고 다감한 음성으로 류명수란 이름과 그동안 시조를 써온 것을 이번에 시집을 내고자 하는데 내게 해설을 부탁하는 것이었다.

연륜이며 품성을 고루 갖춘 귀하게 살아오신 규수 시인이 어쩌다 글도 안되고 시 보기는 더욱 부족한 나를 지목하셨을까 두려움도 있었으나 무엇보다 시조를 써오셨다니 어찌 반갑고

기쁘지 아니하랴. 하여 시고를 받아놓고 하릴없이 게으름을 피우다 이제사 붓을 드는 결례에 먼저 혜량하시기를 빈다.

오래전부터 내 나라의 말씀이며 한글이며 향가로부터 내려오는 이 겨레의 드높은 시의 가락이 바다 밖으로 멀리 퍼져왔었다. 더욱 새천년에 들어서면서 우리네 먼 조상들이 갈고닦고 다듬어온 고려청자, 조선백자를 비롯한 고미술의 눈부신 아름다움과 더불어 정신문화와 창작 예술에 흠뻑 젖어 들기 시작하였다. 이러한 흐름의 한가운데 한국의 전통 시 형식인 시조의 현대적 계승과 나라 안팎에서의 새로운 인식과 창작의 활성화가 있다.

바로 이렇듯 용틀임으로 비상하는 겨레의 얼·말·글을 담아내는 높고 깊고 너른 가락의 시조를 먼바다 밖의 나라에서 홀로 새기고 익히며 한편 한편 다듬어낸 그 오롯한 생각과 각고에 먼저 깍듯한 경의를 드린다. 또한 류명수 시인이 책머리 '시인의 말'인「시조연時調緣 – 초정 선생님과 나」에서 초정草丁 김상옥 선생과의 만남, 그리고 전각가인 회정襄亭 정문경 선생에게 전각篆刻을 배우면서 초정 선생의 절판된 시집『꽃 속에 묻힌 집』을 복사해 친서로 주시고 소초素艸라는 아호까지 지어주신 데서 비롯되고 있다.

일찍이 만나보지 못했던 "시조연"의 세 글자가 내게도 깊이 뿌리하고 있는 바라 이러한 사람과 시조가 얽히고설키는 인과

因果에 닿고 보니 내가 이 글을 쓰게 된 것도 저 불설佛說까지 닿지 않더라도 어떤 알지 못할 필연이라는 생각이 문득 드는 것이다. 초정 선생은 현대시조의 한 획을 크게 이룩한 모국어의 스승이고 한국 문학사의 큰 봉우리이다. 내가 시단에 첫발을 뗀 뒤부터 가르침과 사랑을 남보다 더 많이 주셨고 60년대 인사동에서 아자방을 하실 때도 자주 뵈오며 고미술, 고도자 등에 눈을 뜨게 되었고 반세기토록 연벽묵치硯癖墨癡로 벼루 모으기를 해온 것도 그러하다. 회정 선생도 전각 공예의 명인으로 많은 전각가를 지도 배출시켰을 뿐 아니라 지금 내가 쓰는 전각 도장, 대, 중, 소 세 벌을 새겨주신 분이다. 이런 일들을 돌아볼 때 류명수 시인의 저 "시조연"의 줄기에는 나도 매달린 이파리 하나가 아닌가.

미루어 보건대 초정 선생을 뵈온 지 서른몇 해를 훌쩍 넘어 결혼한 딸에게 주는 글이 "시조"로 불쑥 솟아올랐다니 신라 개국기부터 물길을 열어온 향가에서 고려 중엽 시조에 이르고 다시 조선을 거쳐 21세기에 오기까지 2천여 년의 멀고 오랜 시간을 거쳐 류명수 시인에게 물살이 꽂힌 것을 누가 무어라 말할 수 있겠는가. 누구의 디자인인가, 시인은 스스로에게 묻고 있지만 초정 선생의 절판된 복사 시집을 닳도록 읽고 또 읽었을 터이고 시적 영감을 얻으면 평시조 3장의 가락이 절로 얹혀서 마침내 한편 한편의 시조를 낳았을 것이다.

2

무량한 우주를 다 헤아릴 능력이 인간에게는 없다. 다만 생각의 천착穿鑿과 그 산물인 시(예술)가 그 몫을 담당하고 있을 뿐이다. 류 시인은 대학원 학생 때 전각에 골몰했음을 밝히고 있는데 중국의 당唐, 송宋 시대부터 글씨와 그림에 이름과 아호를 새겨 낙관落款하는 도장을 돌이나 나무에 전서篆書로 새겨온 전각은 서예에서도 한 경지를 넘어서는 차원 높은 예술 작업의 하나이다. 방촌方寸의 비좁은 공간에 성김과 빽빽함의 묘미를 살려 필치의 신운神韻을 담아내는 일이니 그 치인治印의 공부가 여간 어렵지 않다.

산속에 들어앉아 적막도 잠긴 이때
감긴 눈 다시 들어 그 얼굴 바라보니

소우주
신바람 타고
씻은 듯 열린 방촌方寸
-「소우주小宇宙1」 전문

전각도篆刻刀 한획 한획 긋고 지난 자리마다

돌 잡은 손마디에 마음 얹어 비워가니

　　작은 섬
　　어스름 달밤
　　영글어 익어가네
－「소우주 2」 전문

돌 위에 앉은 생각
새김 소리 흘러가나

빈 하늘에 목이 마른
볼 붉은 여린 숨결

　　물 길어
　　새벽 별 담아
　　그대 다시 내 품에
－「소우주 3」 전문

네모난 작은 돌 방촌方寸을 "소우주"로 하여 연작으로 시조 1,
2, 3을 뽑아내고 있다. 그랬을 것이다. 작은 인재는 1센티 평방
이고 커봐야 2, 3센티 평방인데 날 선 칼끝으로 고졸古拙하면서

148

도 문자향文字香의 아격雅格을 한껏 살려내는 획을 새겨가노라
면 혼신의 몰입에서 오는 희열을 무엇에 빗댈 수 있으랴. "소우
주/ 신바람 타고/ 씻은 듯 열린 방촌" 평시조 단수로 긴 삶의 여
정의 기승전결起承轉結을 완성하고 있다.

「소우주 1」에서 큰 그림을 그려냈다지만 「소우주 2」에서는
전각도篆刻刀로 글자를 새기는 손길과 돌 잡은 손마디에 비워가
는 마음을 이번에는 "작은 섬"으로 떠올리고 있다. 「소우주 3」
에서도 전각 창작의 시간과 공간에서의 생각과 칼과 소리를 따
라가고 있다. "빈 하늘에 목이 마른/ 볼 붉은 여린 숨결"은 "물
길어/ 새벽 별 담아/ 그대 다시 내 품에"로 비록 전각의 조탁彫
琢 과정이 아니라도 어느 예술 작업이든 생산의 고통과 완성의
희열이 어찌 함께하지 않으랴. 류명수 시인은 이「소우주」3수
의 시조만으로도 멀고 먼 인연의 시간을 지나서 한 사람의 시조
시인으로 일어서게 되는 아주 견고한 디딤돌을 보여주고 있다.

있는 듯 없는 듯 살아온 긴 그림자
산 넘고 바다 건너 텅 빈 벌판 여기까지
한평생 늠름한 자태 한 알 씨알이어라

파랑 눈 할머니 손 꼭 잡고 가던 그날
가슴에 소용돌이 눈물지며 따라갔나

머나먼 이역만리 길 고향 생각 고이더니

바람결에 떨어져 척박한 땅 뿌리 내린
의연한 여섯 그루 정든 땅 지키는가
나그네 구십 년 세월 조선 그 얼 빛나리
　–「나그네」 전문

　이 시는 1938년 무렵 메리 그레이스 루이스라는 여성이 한
국의 친구로부터 느티나무 씨앗을 받아 미국 랭캐스터시에 심
었다는 주를 달아놓고 있다. 그러면 왜 "나그네"인가. 우리 동
포들이 나라 잃고 태평양을 건너 낯선 땅에서 발붙여 살아온
미국 이민의 역사는 올해로 119년을 맞고 있다. 이보다 늦게 느
티나무는 씨알 하나로 척박한 땅에 뿌리 박고 여든 살 넘게 살
며 큰 그늘을 거느리고 있는 것이다. "파랑 눈 할머니 손 꼭 잡
고 가던 그날/ 가슴에 소용돌이 눈물지며 따라갔나/ 머나먼 이
역만리 길 고향 생각 고이더니"는 아무리 오랜 세월이 흐르고
몇 대를 자자손손 낳고 길러도 우리 형제들에겐 영원한 나그네
일 수밖에 없음을 류명수 시인은 짐짓 스스로의 삶의 내면을
옮겨놓고 있음이다.

3

글감의 뿌리 깊은 나무가 있고 글쓰기의 샘이 깊은 물이 있는 이 나라에 태어났으니 솟아 있는 산도 굽이치는 강물도 모두 역사요, 문화요, 정신인 것을 류명수 시인은 일찍부터 문자향文字香 서권기書卷氣에 눈과 귀와 머리와 가슴과 손을 한곳으로 쏟아왔으니 옛사람의 신품神品에 붓을 대지 않을 수 없었으리라.

　　문풍지 세찬 바람 외딴섬 완당 숨결
　　먹먹한 마음 하나 일필휘지 소나무라
　　둥근 창
　　흐르는 결기
　　가시울타리 넘어간다

　　두루마리 신품神品 그림 조선의 기백으로
　　대륙을 넘나들며 선비 정신 드높이던
　　고졸古拙한
　　세한도의 뜻
　　세상 향한 울림인가

저 멀리 먹구름 돌담 넘어 사라지고

하늘이 내린 별빛 뜻깊은 귀환으로

오늘도

님 모습 우러러

감격으로 보고 지고

－「세한歲寒」 전문

두 해 전 베이징 중국국가미술관에서 〈추사 김정희와 청조
문인의 대화〉 전시회가 열렸을 때 중국의 문화예술계 인사들
이 몰려들어 '서성書聖'이라 이르며 찬탄해 마지않았다 한다. 2
천 년 서예 역사에 '서성'의 칭호는 오직 왕희지王羲之 한 사람
뿐이었는데 해동海東의 추사秋史 김정희를 두고 지존의 이름을
얹혔다니 희한하면서도 암, 그래야지! 손뼉이 쳐지는 일이다.

국립중앙박물관이 용산으로 옮긴 개관전에서 추사의 〈세한
도〉 앞에 관람객이 장사진을 이룬 까닭도 신필神筆의 그림과 발
문의 글씨에서만이 아니었다. 추사가 저 제주도 대정에 위리안
치圍籬安置로 유배살이를 할 때 제자 이상적李尙迪이 몇 해를 거
치고 몇만 리를 건너 귀한 책들을 보내오는 그 지극한 정성에
감복하여 그 답례로 마음을 가다듬어. 그리고 쳐낸 경위가 성
현의 말씀도 넘어서기 때문이다. '겨울 이후에도 겨울 이전과
같은 그대' 권력과 이익에 눈먼 이 시대의 우리에게 얼마나 아

픈 채찍인가!

"저 멀리 먹구름 돌담 넘어 사라지고/ 하늘이 내린 별빛 뜻깊은 귀환으로/ 오늘도/ 님 모습 우러러/ 감격으로 보고 지고"의 종장에 오면 이 땅의 시인들이 다투어 시를 썼던 글감이건만 살과 뼈에 사무치는 숭모崇慕의 애끓음을 여기서 읽게 한다.

긴긴밤 달빛 실은 쪽배 하나 잠긴 바다
흰 새벽 산빛 쫓아 새들이 날아갈 제
현해탄 검푸른 파도 감은 세월 여시는가

도원동 복사꽃 연분홍 고인 눈빛
꽃그늘 떨리는 사연 손끝으로 가리운 채
고향 땅 그리운 향기 너를 안고 오려나

솔바람 천년 계곡 안개 묻은 천봉만학
오백 년 서러운 한 돌아올 길 잊었는가
메마른 조선의 숨결 그 가슴 깨우리라

먼 하늘 노을빛 배어나는 그리움
이방 땅 들창으로 뭇별들 쏟아지나
온밤 내 꿈길 달리다 만나는 이 그대여

─「꿈으로 만나다 ─ 몽유도원도」전문

조선 세종 임금의 셋째 아들 안평대군安平大君은 시, 그림, 가야금 등 다재다능했지만 특히 글씨에 뛰어나서 당대 최고의 명필이었다. 그가 꿈속에서 본 도원桃園의 풍경을 역시 당대 명화가 안견安堅에게 들려주니 꿈속의 풍경을 화폭에 옮겨놓은 것이다. 이 불후의 명화는 일본 덴리天理 대학 도서관에 소장되어 있어 여러 해 전 국립중앙박물관에 나들이 왔을 때 나도 그림이며 스물한 분의 헌시를 배관拜觀했었다. 그래 몇 자 시랍시고 적어본 일이 있는데 류명수 시인이 이 글감을 놓칠 일이 아니다.

"긴긴밤 달빛 실은 쪽배 하나 잠긴 바다/ 흰 새벽 산빛 쫓아 새들이 날아갈 제/ 현해탄 검푸른 파도 감은 세월 여시는가" 어찌하여 조선 개국기의 둘도 없는 그림이 하필이면 일본에서 잠자고 있는 것인가. 이 물음 앞에 시의 첫 줄을 이렇게 쓰고 있다. 종장의 울림이 귀에 쟁쟁하다. 이같이 붓을 대기도 말문을 열기도 앞이 캄캄한 오브제를 두고 류명수 시인은 마치 신명이 오른 듯 글귀가 줄달음질 치고 있다. 어디서 오는가. 바로 손가락 마디의 작은 돌에 칼끝으로 새겨가던 무아無我의 세계가 안평대군을 꿈속으로 이끌고 다시 안견은 홀린 듯 꿈속에서 헤매며 산과 물과 꽃과 나무를 그려내듯이 또 다른 꿈속의 길을 그는 따라가고 있었으리라.

"먼 하늘 노을빛 배어나는 그리움/ 이방 땅 들창으로 뭇별들 쏟아지나/ 온밤 내 꿈길 달리다 만나는 이 그대여" 종장에 오면 사뭇 황홀경에 드는 연가戀歌 한 수가 아닌가. 그렇구나! 이것을 두고 옛사람들 혹애酷愛라 했거니 사랑도 목숨과 바꿀 사랑 아니고서야 함부로 "그대" 이름을 부를 일이던가. 바다 건너에서 불쑥 내 앞에 다가선 이 사화집 『시조, 그리다』를 읽으면서 그 시조에 대한 순열한 혼불에 적이 적이 저윽이 가슴 졸였음을 밝히면서 수줍은 몇 글자를 줄인다.